INSTITUT DE FRANCE.

ACADÉMIE DES SCIENCES MORALES ET POLITIQUES

NOTICE SUR

GLADSTONE

MEMBRE DE L'INSTITUT

PAR

M. LUZZATTI

MEMBRE DE L'INSTITUT

PARIS

TYPOGRAPHIE DE FIRMIN-DIDOT ET Cⁱᵉ

IMPRIMEURS DE L'INSTITUT DE FRANCE, RUE JACOB, 56

INSTITUT DE FRANCE.

ACADÉMIE DES SCIENCES MORALES ET POLITIQUES

NOTICE

SUR

GLADSTONE

MEMBRE DE L'INSTITUT

PAR

M. LUZZATTI

MEMBRE DE L'INSTITUT

PARIS

TYPOGRAPHIE DE FIRMIN-DIDOT ET Cⁱᵉ

IMPRIMEURS DE L'INSTITUT DE FRANCE, RUE JACOB, 56

M DCCC XCIX

INSTITUT
1899 — 8.

NOTICE

sur

GLADSTONE

MEMBRE DE L'INSTITUT

PAR

M. LUZZATTI

MEMBRE DE L'INSTITUT

MESSIEURS ET TRÈS HONORÉS CONFRÈRES,

En m'appelant au siège que la mort de M. Gladstone rendait vacante, vous avez voulu faire luire un rayon de votre soleil sur la tête d'un humble après en avoir illuminé celle d'un prince de la politique et de l'éloquence. Vous avez pensé que sous les plis de la paix commerciale conclue entre la France et l'Italie devaient se retrouver les âmes des anciens amis, et que d'ailleurs vous ne quitteriez pas le terrain de la science, qui travaille au rapprochement des nations et s'en réjouit, en donnant une marque de votre bienveillance à un ouvrier modeste, qui avait eu la bonne chance de contribuer à cette entente féconde.

J'ai eu le bonheur de connaître à Venise, dans la plénitude de sa beauté morale et intellectuelle, le grand Gladstone, et j'en garde un souvenir ineffaçable.

La simplicité et la modestie donnaient un éclat encore plus vif à sa grandeur, et en présence du miracle artistique de ma ville natale, il s'épanchait avec une ingénuité héroïque, en chantant les hymnes de Pindare et en célébrant le Parthénon... Et puisque, même chez les hommes d'État, les meilleures pensées jaillissent du cœur, j'ai toujours cru qu'il avait conçu à Venise le premier dessein de l'indépendance des îles Ioniennes.

Aujourd'hui, Messieurs, il est à la mode de médire de Gladstone, particulièrement en Angleterre ; M. Lecky, qui est peut-être, parmi les historiens et les publicistes de son pays, le plus éminent, s'est chargé de diminuer la gloire de votre illustre confrère. Dans la préface à la nouvelle édition de son admirable ouvrage : *Democracy and Liberty*, il s'efforce à déprécier la valeur morale, intellectuelle, politique et financière de Gladstone.

Il me paraît juste et nécessaire d'en prendre la défense, d'autant plus que l'esprit d'impérialisme n'est pas étranger à cette nouvelle attitude de ses concitoyens.

Les adversaires de Gladstone s'appliquent trop visiblement à nous mettre en défiance contre ces âmes de *quakers*, qui préparent sans doute aux béatitudes de la vie future, mais qui, à leur avis, perdent la vie présente des empires. Elles prêchent, ces âmes, un Dieu de paix, de justice et de miséricorde... Prenez garde qu'elles ne soient trop éloquentes, trop persuasives, trop évangéliques ! Elles réussi-

raient peut-être à mettre en péril l'unité de l'empire britannique ; ce qui constituerait un crime contre la civilisation
humaine.

La bonté divine doit, suivant les impérialistes, se con-
cilier avec les nécessités de la conquête coloniale, inces-
sante et démesurément étendue ; *il leur faut un Dieu, mais
un Dieu anglais !*

Et que de sincérité et de passion loyale dans ces craintes
qui forment encore l'acte d'accusation le plus puissant
contre Gladstone et son école ! Les *quakers* en viennent
à laisser mourir invengé un héros tel que Gordon dans
le Soudan, à céder les îles Ioniennes à la Grèce par fas-
cination de l'ancien hellénisme, à abandonner le Trans-
vaal après une défaite, osant concéder le pays natal aux
patriotes victorieux. Ils se targuent des économies intro-
duites dans les budgets de l'armée et de la marine ; ils
mesurent la sagacité des Chanceliers de l'Échiquier au
montant des livres sterling épargnées dans les *estimates*
militaires ; ils n'admettent pas que pour rehausser le crédit financier, on mine le crédit moral et militaire d'une
nation.

A coup sûr nous ne devons pas transformer les études
sereines de l'Académie en les débats enfiévrés d'un parle-
ment. Mais hier encore toute une grande école, tout un grand
parti, peut-être la nation anglaise dans sa majorité étaient
suspendus aux lèvres augustes de ce prince de l'éloquence
politique qui opposait aux *gloires saignantes*, comme il les
appelait, la gloire paisible du progrès moral, intellectuel
et religieux, qui, avec le prestige des idées libérales,
faisait sentir aux peuples opprimés une parole vivifiante

de consolation et de solidarité. Pourquoi tout cela est-il changé aujourd'hui? Pourquoi reproche-t-on à l'école de la prudence coloniale cette crainte salutaire de l'extension démesurée de l'empire?

Si nous écoutons la sagesse des anciens, de ces Carthaginois, de ces Athéniens, de ces Romains qui au point de vue colonial étaient les Anglais de l'antiquité, il s'en dégage des conseils de modération, dont le mépris a causé la ruine de toutes ces grandes dominations. Et il serait curieux et peut-être nouveau de suivre à Carthage et à Athènes le programme de la prudence dans les expansions coloniales représenté par les conservateurs et les modérés, et celui de l'aventure et de l'audace conquérante incarné dans la démocratie la plus avancée ; car il vint un moment à Athènes où Périclès, qui, *si magna licet componere parvis*, représentait l'impérialisme de ce temps-là, comprit la nécessité de modérer les convoitises coloniales d'*une cité montée en orgueil pour la prospérité de la fortune et de la puissance* (Plutarque).

On voulait de nouveau tenter de saisir l'Égypte ; les orateurs de la faction d'Alcibiade poussaient à la conquête de la Sicile, et d'autres plus ambitieux encore rêvaient de l'Étrurie et de Carthage. Périclès, rappelant le péril voisin des Lacédémoniens, s'efforçait à persuader les Athéniens que le moment était venu de garder et de défendre les territoires acquis, et qu'au point où l'on en était une politique de recueillement s'imposait.

C'est presque dans les mêmes termes que s'exprimait Auguste dans son testament à Tibère rapporté par Tacite : *Addideratque consilium coercendi intra terminos imperii ;* il comprenait, en effet la difficulté de protéger l'empire tel qu'il était alors, et le risque où l'on était de le perdre tout entier si l'on s'obstinait à l'étendre.

Cette préoccupation se poursuit à travers l'histoire de l'empire romain, où l'on peut dire que c'est de l'oppression universelle que surgit enfin l'universelle insurrection.

Pourquoi donc interdire à un grand parti, tel que celui de Gladstone, de prêcher la prudence et d'offrir une tente constitutionnelle à ceux qui veulent se reposer de cette course coloniale si haletante et si aventureuse? Pourquoi refuser aux pacifiques le droit de jouer leur rôle de pré-servation? Si l'histoire est capable de nous enseigner quelque chose, elle nous apprend combien la sagesse et la modération sont difficiles aux individus comme aux peuples arrivés au faîte de leur gloire et de leur puissance. Et s'il était permis d'amplifier une pensée sublime de l'Évangile, on serait tenté de s'écrier: Bienheureux les mo-destes car ils n'hériteront pas seulement du royaume des cieux mais ils garderont aussi le royaume de la terre!

La politique gladstonienne de la paix coloniale, à la-quelle on peut seulement reprocher quelques déviations, avait son reflet et sa conséquence dans une administra-tion financière probe, ménagère des deniers publics, essentiellement réformatrice. La véritable grandeur de la conception d'un ministre des finances est toujours dans une idée simple, démocratique, et que tout le monde est apte à saisir: l'idée dominante de Gladstone a été la cou-rageuse application du libre-échange, particulièrement en vue de procurer la vie à bon marché au peuple qui souffre et qui travaille. Ajoutez que la production du blé et du bétail en Angleterre ne suffisant pas à l'alimentation nationale, et les prix étant encore en ces temps-là rémunérateurs, il fut relativement facile aux hommes d'État anglais, aidés par les fabricants, par les marchands, par les marins, de vaincre la résistance des propriétaires de rentes foncières.

En 1844, en 1860 l'humanité européenne était dans un état de rénovation, presque de *palingénésie*; les mots de liberté, de solidarité, de nationalité, faisaient tressaillir les cœurs des peuples. On soutenait, et, ce qui est plus important, on croyait, que toutes les libertés se complètent mutuellement, comme les différents rayons d'un même foyer ; et les apôtres comme Bright et Cobden, les ministres tels que Peel et Gladstone étaient salués en rédempteurs dans tout le monde civilisé.

L'Angleterre d'ailleurs trouvait son compte à prêcher ces théories, car ses usines étaient à même de se mieux outiller, de se transformer selon les exigences de la mécanique et de la chimie qui parcouraient alors une période de progrès triomphal. Or les Anglais sont particulièrement éloquents lorsqu'ils soutiennent une doctrine qui se chiffre en bonne monnaie à leur avantage ; ils sont tout à fait persuasifs lorsqu'ils associent à une bonne action une bonne affaire.

Notre grand ministre était le plus capable, par ses aptitudes morales et intellectuelles, de prêcher le libre-échange comme une doctrine désintéressée, de poursuivre l'utilité immédiate de son pays, tout en paraissant et en étant l'apôtre soucieux du bonheur des autres nations.

Tandis que les droits de douanes disparaissaient, on les remplaçait par l'*income-tax*, ce géant, selon l'expression plastique de Gladstone, qu'on avait éveillé de son repos pour l'exercer dans les œuvres de la paix comme le grand Pitt l'avait exercé dans les œuvres de la guerre. L'*income-tax* en Angleterre se présentait sous une forme scientifiquement correcte ; elle laissait indemnes les petits revenus, sans se compliquer du caractère progressif. Et cette réforme budgétaire coïncidait avec une période d'admirable expansion de la vie industrielle, de la marine marchande et de l'agriculture. Le peuple qui travaille ne payait pas l'*income-tax* ni aucun autre impôt à l'exception des droits sur les boissons et sur les tabacs, dont il pouvait toujours se libérer par la tempérance.

Messieurs, après 1870, ce système s'est écroulé, l'impérialisme de tous les pays et le socialisme ont, en cette chute immense, leur grande responsabilité. La *lutte pour la vie* s'est transportée du domaine politique au domaine économique ; Gladstone put voir avant de mourir les colonies anglaises se plier spontanément, sous la souveraineté du suffrage universel, au protectionnisme ; il put voir l'Angleterre, la source nourricière du *Free Trade,* se résigner à accepter du Canada les droits différentiels des douanes, en faveur de la mère patrie et des colonies anglaises et à la charge de tous les autres pays (1).

---

(1) Dans un ouvrage intéressant de Grunzel : *Handbuch der internationalen Handelspolitik* (Wien, 1898), à la page 99, sont décrits exactement les effets de ces droits différentiels. Toutefois, en principe, le gouvernement canadien admet de pouvoir appliquer aux autres nations le traitement de faveur en compensation de la diminution de leurs droits de douane.

C'est dans cette direction que marche le système que vous me permettrez d'appeler l'impérialisme outré, et le rêve gigantesque qu'il caresse en ce moment est celui d'une ligue énorme de douanes, une espèce de *Zollverein* britannique, qui enrôlerait dans tout le globe 400 millions d'habitants !

Comme nous voilà loin des prophéties libérales, des promesses de libre-échange universel, faites par Gladstone en 1860, au lendemain du traité de commerce de l'Angleterre avec la France !

Et, même dans la mère patrie, cette merveilleuse simplicité de la douane, qui est le grand mérite de Gladstone et qui résume en sept articles toute la matière imposable, commence à être battue en brèche.

M. Lecky qui ne peut pas méconnaître dans Gladstone les qualités d'un grand ministre des finances, et qui quelquefois même est enclin à le reconnaître comme le plus grand de tous, déclare néanmoins que des financiers de premier ordre doutent de la sagesse d'une politique qui tend à concentrer sur un petit nombre d'articles tout l'effort des contributions indirectes.

Il n'y a encore rien de changé dans les choses, mais on comprend qu'il y a déjà bien des changements dans les esprits et dans le milieu. On ne frappe pas de droits le bétail, mais on en empêche l'entrée sous prétexte d'hygiène, et voici qu'à présent on propose d'étendre sur le lait, sur les beurres, sur les fromages étrangers la surveillance de l'État. Il ne faudrait pas trop s'étonner si les nécessités d'une marche coloniale effrénée et d'un budget fécond en dépenses, qui atteint environ 113 millions de livres sterling (juste le double de celui par lequel, en 1853, Gladstone a débuté avec son admirable *Financial Statement*), forçaient le gouvernement et la Chambre des Communes à rétablir bientôt, entre autres, les droits sur les sucres ou à suspendre l'amortissement de la dette publique, dont la graduelle et automatique extinction avait été une des gloires de Gladstone (1).

Politique pacifique, diminution des dépenses, diminution des impôts, amortissement graduel de la dette publique, ce sont les anneaux d'une même chaîne d'or. On prétend aujourd'hui dans les grands États de l'Europe que toutes ces maximes de Gladstone sont des vieilleries, et les classes dirigeantes, voulant la gloire sans en supporter les charges, demandent à la dette publique et aux impôts indirects, qui frappent les travailleurs, les augmentations des recettes budgétaires. Est-ce un progrès?

On reproche à Gladstone une certaine incorrection dans ses exposés financiers; ses prévisions et ses prédictions auraient été souvent déçues par les événements. Il me serait facile de prouver le contraire par l'analyse approfondie des résultats de ses budgets. Celui de 1854 se serait clos admirablement sans la guerre de Crimée que ne pouvait pas prévoir même un grand ministre des finances. Mais quelle déception prépare à l'exactitude des prévisions la politique coloniale, qui, comme dans un tourbillon, entraîne tous les États d'aujourd'hui?

On cherche encore à rapetisser Gladstone dans ses études

---

(1) Il y employait aussi l'instrument puissant des caisses d'épargne postales dont il avait été l'initiateur.

philosophiques, cosmogoniques et archéologiques ; on nie même la valeur de son éloquence et on ne laisse intact en lui, ce qui paraît un trait de fine malice politique, que le théologien !

Ainsi, dans sa correspondance avec l'évêque Wilberforce, *un bon critique observerait souvent le contraste entre l'homme d'État, qui était naturellement un théologien, et l'évêque, qui était naturellement un homme d'État* (1).

Certainement ses études de caractère théologique sur le *Vaticanisme*, sur *Döllinger et les vieux catholiques*, sont de premier ordre, et sur ce côté lumineux de son talent je demanderais volontiers à l'Académie la permission de publier quelque jour une notice particulière. Mais il est bien évident que si Gladstone s'était voué à la carrière ecclésiastique, s'il avait été sacré évêque, ses adversaires ne lui ménageraient pas les éloges. Ils se complaisent à citer certains jugements sur la valeur du grand Anglais, dont on pourrait tirer la preuve que les hommes techniques ne le trouvaient jamais compétent dans les questions qu'ils connaissaient le mieux. Ainsi, dans sa polémique avec Huxley sur la *cosmogonie mosaïque*, il effleure les sujets plutôt qu'il ne les approfondit ; Boehm, un artiste éminent, disait : *Gladstone est un homme merveilleux, excepté dans l'art ;* et Grote, le grand historien de l'ancienne Grèce, ajoutait : *Quelle que puisse être la renommée de Gladstone, elle ne se fondera pas sur ses écrits grecs.*

Eh bien, malgré tout, en dépit de ces sévères jugements,

----

(1) Lecky, que nous citons souvent sans toujours le nommer.

on savoure et on savourera longtemps encore l'admirable
Juventus mundi de votre confrère !

Sans doute la variété de ses excursions dans tous les
champs de la science, ne lui a pas permis de les appro-
fondir également ; le savoir vraiment aristotélique d'Angelo
Messedaglia, mon maître vénéré, celui qui devrait tenir mon
siège parmi vous, si le seul mérite scientifique vous avait
guidés dans votre choix, a mis en relief quelques erreurs
de géographie, d'astronomie, de météorologie et même de
nautique dans les études homériques de Gladstone. Mais
il est sûr que si Périclès, qui était un bon juge, pouvait
revenir au monde, après avoir interrogé Grote et Lecky
d'un côté, Gladstone de l'autre, sur les beautés d'Homère,
c'est à Gladstone qu'il reconnaîtrait l'âme hellénique.

Si nous en croyons son éminent critique, Gladstone
n'avait pas davantage le don de la grande éloquence ; il était
verbosus, facundus, disertus ; mais ne possédait pas cette
puissance de la parole que Tacite décrit dans les termes
suivants : « *Magna eloquentia sicut flamma materia alitur
et motibus excitatur, et urendo clarescit.* »

Gladstone dans ses discours s'égarait en trop de détails ;
« *lentus in principiis, longus in narrationibus, otiosus circa
excessus, tarde commovetur, rare incalescit.* » « *La véritable
éloquence est comme le télescope qui rend vivants à nos yeux
les objets lointains et obscurs : Gladstone au contraire se plai-
sait à renverser le télescope, à obscurcir et à embrouiller les
choses claires et planes* (1). »

---

(1) Leck.

Il est au moins une forme oratoire dans laquelle il n'excellait pas, selon ses adversaires, c'était l'éloquence simple, directe, cristalline; son esprit paraissait naturellement s'avancer par courbes : Bright, Cobden, Roebuck, Disraeli, lord John Russell, lord Palmerston étaient éminents dans l'art de simplifier les questions compliquées et de mettre en clair relief les arguments principaux et les solutions centrales : Gladstone au contraire était prodigieux dans l'art des détails; c'était sa faiblesse et sa force (1).

Bright a dit un jour : « *Quand je parle, je navigue de promontoire en promontoire; quand Gladstone parle, il navigue tout autour du pays et attend l'occasion de s'insinuer dans les rivières pour faire son retour.* »

On insiste sur cette remarque que son amour des détails et son amour des épisodes obscurcissaient constamment dans ses discours la question principale; et on arrive jusqu'à dire que l'influence de la parole gladstonienne était plus physique que morale. Ses yeux, qui étaient des yeux d'oiseau de proie, captaient le public; sa voix harmonieuse, chantante, infatigable fascinait, magnétisait l'auditoire; mais à la lecture, son talent pâlissait.

Messieurs et chers confrères, j'ai voulu relire la plupart des discours de Gladstone depuis ce mois d'octobre de l'année passée où l'on a publié à sa charge ces subtiles objections. Certainement dans tout orateur, et particulièrement dans l'orateur politique, il y a l'acteur enflammé

---

(1) Tous ces reproches à Gladstone considéré comme orateur se retrouvent particulièrement dans la préface de M. Lecky.

par la lutte; vous ne retrouvez pas dans les discours qui lui survivent les vibrations de sa personne, la colère de ses accents, les cris de sa conscience, les beaux gestes avec lesquels il monte à l'assaut, passionne une assemblée, en devient le maître.

Mais ses *Financial Statements* ont démontré peut-être pour la première fois qu'un ministre du Trésor peut exceller dans l'art d'illuminer les chiffres par l'éloquence. Relisez les pages du *Statement* du 18 avril 1853 sur l'*income-tax*, et vous devrez reconnaître que l'association de la compétence technique avec l'éloquence claire et persuasive n'a jamais atteint un si haut degré. Et lorsqu'il démontre que grâce au rétablissement de l'*income-tax* on pourrait réformer le système financier de l'Angleterre au profit des humbles et des pauvres, que l'exemple de la Grande-Bretagne ne resterait pas solitaire, mais, comme un flambeau, éclairerait tous les autres peuples, le *Chancelier de l'Échiquier* se transforme en un apôtre et la matière financière, d'habitude si sombre, par la magie de la parole s'enveloppe tout à coup de la lumière des cieux !

De même, dans son discours du 1er mars 1869 sur l'Église protestante d'Irlande, son éloquence devient solennelle, acquiert comme un caractère pontifical. Il sent qu'après l'abolition de cette première corporation, d'autres Églises perdront leurs privilèges, d'autres réformes morales et religieuses s'ensuivront : « *Je crois,* dit le grand orateur, *que lorsque les paroles seront prononcées, qui donneront force de loi à l'œuvre que nous avons entreprise, œuvre de paix et de justice, ces paroles trouveront un écho dans tous les pays où les noms de l'Irlande et de la Grande-Bretagne sont con-*

nus et la réponse nous reviendra comme un verdict approba-
teur de la civilisation humaine. »

Dans son discours sur la vie de Wedgwood, la grâce
de sa parole s'épanouit à célébrer le progrès des arts
industriels. On devrait traduire ce morceau pour nos
écoles d'application; l'association de la beauté à l'utilité
n'a peut-être jamais trouvé un interprète plus profond ni
plus charmant.

Mais, ajoute-t-on encore, il était trop solennel, il n'avait
jamais une étincelle de gaieté, une pointe d'*humour* en par-
lant, ce qui lui constituait une réelle infériorité dans ses
débats contre Disraeli. Celui-ci disait en effet qu'un des
plus grands obstacles à la bonne marche des affaires pu-
bliques, était que Gladstone paraissait incapable de comprendre une plaisanterie.

Si ce grief est fondé on peut bien lui pardonner ce petit
défaut, qui est racheté par tant de qualités éminentes.

Certes, en suivant les admirables discussions qui, il y a
trente ans, se déroulaient à la Chambre des Communes sur
le *disestablishment* et le *disendownment* de l'Église irlandaise,
on peut hésiter entre l'éloquence de Bright et celle de
Gladstone; mais ce sont de ces hésitations qu'on éprouve
devant des chefs-d'œuvre lorsqu'il faut choisir; et peut-
être le jugement, pour être toujours sincère, doit-il changer selon l'état de notre âme et l'époque de la vie où nous
relisons ces discours, immortels comme le sujet religieux
qui les a inspirés.

La parole de Bright sculptait, celle de Gladstone des-
sinait.

Ainsi, au strict point de vue de l'éloquence, dans ces

joutes oratoires, je serais tenté aujourd'hui de donner la
première place à Bright, sans souscrire en aucune manière
aux invectives sévères contre Gladstone. C'est que la
nature humaine est heureusement constituée de telle
façon qu'elle peut comprendre différentes beautés dans
tous les ordres de l'art, dans toutes les expressions du
génie.

Enfin les infaillibles et les immuables, ces critiques qui
par leur constant esprit de destruction représentent vraiment la persévérance dans le mal, et heureusement aussi la
puissance des impuissants, reprochent à Gladstone la mo-
bilité de ses opinions politiques, religieuses, sociales et
s'attachent à le montrer comme *l'homme le plus ondoyant et
divers* qui ait jamais existé.

Il était entré à la Chambre des Communes sous le patro-
nage du *torysme* le plus rigide, pour le collège de Newarck ;
ses débuts parlementaires se distinguent par une opposi-
tion surannée à l'émancipation politique des juifs et à
l'admission des *dissenters* dans les universités. Son livre,
paru en 1838, *The State in its Relations with the Church*, ôte
tout espoir aux catholiques irlandais, approuvant cordia-
lement le monopole de l'Église protestante en Irlande,
avec la jouissance de toutes ses immenses propriétés. Le
fond du raisonnement de Gladstone était que si l'on mécon-
tentait les protestants d'Irlande, ils finiraient par pactiser
avec les nationaux irlandais : juste le raisonnement op-
posé à celui qu'il développe en 1868 et 1869 pour abolir
l'Église protestante en Irlande comme corporation privi-
légiée et pour en assigner les rentes à des œuvres d'éducation et de charité !

3

A partir de ce moment Gladstone va perdre successive-
ment ses différents collèges électoraux, qui ne s'accommo-
dent pas assez vite aux changements de ses idées. Les
collèges électoraux, dit l'un de ses détracteurs, ne sont pas
composés d'hommes de génie et alors ils ne peuvent pas
se permettre de changer radicalement leurs opinions
d'un jour à l'autre. Newarck repousse le libre-échangiste ;
Oxford le renie comme adversaire de l'Église protestante
en Irlande ; la circonscription du sud du comté de Lan-
cashire, qui l'avait recueilli, l'abandonne à cause de ses
propositions contraires aux minorités protestantes. Alors
Greenwich en fait son élu, et se sépare, à son tour, de lui
en raison du projet de *home-rule;* il doit se sauver en
Écosse, dans le Midlothian.

Dois-je vous dire ma pensée, Messieurs et chers confrères? je trouve que cette émigration à travers tant de
collèges honore à la fois les électeurs et l'élu. D'une part
ces électeurs, malgré les lâchetés habituelles de la vie
politique, osent faire ce qu'ils osent penser, ne se laissent
séduire ni par la splendeur du pouvoir, ni par l'éclat
de l'éloquence, ni par la grandeur des services rendus
au pays.

D'autre part, Gladstone n'hésite pas à rompre avec
ceux qu'il ne peut plus représenter publiquement; il se
détache des corps de ses électeurs, du moment qu'il a
conscience d'être détaché de leurs âmes.

Les choses, Messieurs, se passent bien diversement dans
d'autres démocraties de notre connaissance. Que de com-
promis avec les députés puissants qui font rayonner leur
gloire sur leurs collèges et répandent, comme le soleil,

les faveurs sur les grands et sur les petits, sur les bons et sur les méchants!

Donc, cette émigration électorale tourne à l'honneur de Gladstone, ses changements d'opinion attestent le labeur d'une conscience qui se développe et se perfectionne continuellement, qui ignore la simulation et la dissimulation et subordonne tout à la recherche du vrai.

En effet, lorsque, en 1844, il s'agissait de tempérer la politique religieuse du protestantisme dominant en faveur de l'Église catholique et des catholiques, Gladstone n'hésite pas à quitter le sous-secrétariat des colonies et un chef vénéré tel que Robert Peel. Il était alors dans la fleur de sa jeunesse et de ses espérances politiques; l'abandon du pouvoir aurait pu marquer la fin de sa carrière, et cela d'autant plus qu'il paraît, d'après une récente publication sur la correspondance privée de Robert Peel, que celui-ci et ses amis s'en montrèrent sérieusement dépités et inquiets.

En politique, tous les actes qui sont inspirés par le désintéressement, témoignent de la sincérité de l'homme qui les accomplit et tous les changements successifs de Gladstone sont du même caractère; *il n'aurait pas changé s'il n'avait pas été sincère.*

Ces hommes-là, qui épuisent au pouvoir la vie de deux générations, évoluent avec leur siècle, en marquent les étapes successives et souvent les préparent. Ayant le bonheur d'une longue vie intellectuelle, ils indiquent dans les principales questions morales, religieuses et politiques les grands changements qui se sont produits dans la conscience des mêmes générations. Heureux vraiment

ceux qui, ayant pour point de départ l'intolérance, la su-
prématie forcée d'une Église sur une autre, d'une classe
aristocratique sur la grande majorité de la nation, d'une
race dominante sur une race écrasée, finissent, en suivant
l'évolution naturelle qui est l'expression fidèle du mou-
vement intérieur de leur âme, par représenter la liberté
de conscience, l'égalité des cultes devant la loi, l'équitable
distribution du pouvoir électoral et politique sans la pré-
valence de la foule sur les gens d'élite, l'affranchissement
des humbles par l'éducation, par la prévoyance et par les
sages réformes financières, et enfin la libération d'un
peuple opprimé comme celui d'Irlande !

Et si ceux qui souffrent en viennent à se fier aux hommes
qui étaient autrefois les champions de leurs adversaires,
ils rendent ainsi le meilleur témoignage à la sincérité de
ces changements. Oui, oui, Gladstone a modifié radicalement ses opinions politiques, mais il est resté immuable en
sa croyance religieuse et dans le culte de ces grands prin-
cipes qui sont comme un baume préservant les âmes de
toute pourriture. Là où il n'a pas changé c'est dans la foi
en Dieu, dans l'efficacité de la prière qu'en compagnie
de sa femme fidèle il pratiqua jusqu'au dernier soupir de
sa vie. Il puise à cette foi lumineuse ses convictions profondes, l'esprit de lutte pour le bien et pour le progrès
qui lui permet à de certains moments de rester seul sans
se sentir jamais isolé.

Les hommes d'État qui gardent ce viatique dans les
luttes de la vie publique, ont une supériorité réelle sur
leurs adversaires qui ne croient qu'au succès. Ceux-ci,
privés de la divine lumière, lorsqu'ils viennent à être bat-

tus, demeurent abandonnés et mornes ; les autres gardent la sérénité de leur esprit et une joie supérieure, car ils ont toujours la compagnie de leur idéal.

Gladstone et Bismarck, dissemblables en tout, avaient ceci de commun, la foi en Dieu. Mais ce n'était pas le même Dieu ! Le Dieu de Bismarck était le Jéhovah tout-puissant et terrible, qui reçoit en offrande la fumée des victimes ; le Dieu de Gladstone puisait à l'Évangile une tendresse infinie, pleine de douceur et de pitié, prê-chait la résignation, excluait la vengeance et la revanche.

Le Dieu de l'un permettait de prendre toujours et de ne rendre jamais, le Dieu de l'autre enseignait à restituer si la justice l'exige. Lorsque l'Angleterre céda les îles Ioniennes à la Grèce, Bismarck en tirait une preuve de sa décadence : *Les États qui lâchent un seul pouce de leur territoire commencent à faiblir,* disait-il dans son style lapi-daire. Hélas ! cette maxime triomphe aujourd'hui. La rage de prendre le bien des autres, de ne rien céder à per-sonne est devenue universelle ; on l'appelle la civilisation, et des poètes anglo-saxons la glorifient en vers sonores :

« C'est la mission de l'homme blanc d'assujettir la terre, de collaborer avec le bon Dieu à la transformer et à l'embellir, à améliorer les races déchues, demi-diables et demi-enfants, pour en être payé d'ingratitude (1). »

J'avoue ma faiblesse, je ne suis pas capable de m'é-mouvoir à ces accents de fiévreuse éloquence. En France, comme en Allemagne, comme en Angleterre et aux États-Unis, partout, nous croyons que cette école et

---

(1) Kipling et d'autres poètes encore !

cette doctrine préparent de grands malheurs à l'humanité. Avec la conquête universelle on sème en Asie et en Afrique les germes de la révolte universelle: on émancipe les races déchues qui lentement, s'emparant des instruments de la civilisation, pourraient un jour organiser à leur tour l'envahissement de l'Europe.

Dans ce chaos de convoitises universelles, plus que jamais nous suivons la lumière pacifique de Gladstone, et les flammes des conquérants coloniaux ne nous éblouissent pas!

Pour en revenir à notre parallèle, Bismarck, dont il n'est que juste de reconnaître la grandeur extraordinaire, toujours croissante dans l'histoire et presque tragique, sentit lui aussi le besoin de marquer la différence qui le séparait de Gladstone, en lui envoyant de Friedrichsruhe ce message, par l'entremise de William Richmond, qui avait fait les portraits des deux grands hommes d'État :

« *Dites-lui que je trouve mon plaisir à planter les arbres tandis qu'il le trouve, lui, à les abattre.* »

Eh bien, Bismarck se trompait en cela : il avait fondé l'empire d'Allemagne, ce qui est une grande chose, mais Gladstone avait fondé la démocratie anglaise en coupant de sa hache infaillible tant d'abus et de monopoles détestables et mettant à leur place des institutions solides et salutaires.

En effet l'autre principe auquel Gladstone s'est maintenu fidèle, est la foi dans la solidarité humaine, dans l'accomplissement constant et loyal du devoir social, dans la persuasion profonde que les sages et les puissants sont mis au monde pour aider les ignorants et les pauvres, sans les humilier, et que les hommes d'État qui acquittent vraiment

leur tâche sont ceux qui ont racheté de la misère morale,
intellectuelle et matérielle le plus grand nombre de malheureux et d'opprimés. Gladstone repoussait le programme
impérialiste qui cherche la paix à l'intérieur par les con-
quêtes extérieures, parce qu'il voulait avant tout fouiller
chez lui toutes les couches profondes de la misère et de
l'ignorance et rendre plus heureux les Anglais de la Grande-
Bretagne. C'était un *Petit Anglais,* selon la nouvelle expression ; mais il va sans dire que les *Petits Anglais* peuvent
être quelquefois comme les derniers de l'Évangile, c'est-
à-dire les premiers devant la civilisation. C'est pour cela
que si les Anglais *qui font grand* reconnaissent, malgré tout,
ses mérites incontestables, si les autres l'adorent, nous,
qui devons le juger avec l'impartialité de l'histoire, nous
pouvons l'admirer sans réserve.

Il faut pourtant en venir à un dernier reproche, qui
risquerait de peser sur la mémoire de Gladstone, si on le
laissait sans réponse. On l'accuse d'une certaine duplicité
dans sa vie politique ; il improvisait ses convictions selon
l'utilité du moment ; il possédait à un degré extraordinaire la faculté de la *self-persuasion ;* étant un rhétoricien plus qu'un penseur, il se laissait éblouir par l'éclat
de ses paroles ; et peut-être le prince de Bismarck, qui n'ad-
mirait aucun des hommes d'État anglais contemporains,
pensait-il particulièrement à lui lorsqu'il disait que le
tempérament d'un rhétoricien est incompatible avec celui
d'un véritable homme d'État. Ainsi on l'accuse d'avoir osé
promettre en 1874, pour gagner le corps électoral, l'abolition de l'*income-tax*, promesse qu'il savait ne pouvoir pas
tenir. De même sa conduite a paru insidieuse quand la

Chambre des Lords rejeta le *bill* sur l'abolition de l'achat
des grades dans l'armée ou renvoya le rappel des droits
sur les papiers. Ceci encore : une cour d'appel avait été
créée avec la condition que seuls les juges y seraient éli-
gibles ; Gladstone, désirant y envoyer son procureur général, qui n'était pas juge, le nomma pour deux jours au
Banc de la Reine pour le rendre capable d'occuper cette
place... Il serait facile de réduire à leur juste valeur toutes
ces accusations ; le procureur général, dont il s'agit ici,
était un homme digne et compétent ; l'*income-tax*, comme
nous l'avons démontré, doit à Gladstone ses plus légitimes
victoires, et dans son attitude sur les questions qui se
rattachent à l'achat des grades dans l'armée et au rappel
des droits sur les papiers, le grand ministre défendait
les prérogatives de la Couronne et de la Chambre des
Communes.

Mais de tout cela, son éminent critique a l'air de se scan-
daliser et avec une subtile malice il cite pour l'excuser
ce passage de Tocqueville, écrit à l'adresse des hommes
politiques utilitaires : « *On les accuse souvent d'agir sans
conviction ; mon |expérience m'a montré que cela est bien moins
fréquent qu'on ne l'imagine. Ils possèdent seulement la faculté
précieuse et même quelquefois nécessaire en politique de se
créer des convictions passagères suivant leur passion et leurs
intérêts du moment, et ils arrivent ainsi à faire assez honné-
tement des choses assez peu honnêtes.* »

Messieurs, nous pouvons venger notre confrère vénéré
de ces attaques, en criant bien haut qu'il ne poursuivait
pas son intérêt dans la politique, le ministre qui n'hésita
pas à mettre en péril son avenir parlementaire et celui de

son parti, pour soutenir le *home-rule*, ce grand projet que je combattrais peut-être si j'avais l'honneur d'être Anglais, mais qui attend encore le jugement de l'histoire. Et ce n'était pas non plus par calcul de prudence politique qu'il consola les Italiens dans les heures les plus sombres de leur histoire en dénonçant au monde les iniquités de la tyrannie des Bourbons, ou quand il attaqua personnellement l'empereur d'Autriche et le Sultan, implorant de l'Europe civilisée un peu de pitié pour les Arméniens ou les Bulgares massacrés! Lorsqu'il s'insurgeait contre les actes de cruauté et d'oppression, on eût dit la voix d'une Providence qui annonçait à un peuple malheureux l'espoir d'une prochaine délivrance. Cet homme d'État, qui se transformait, chaque fois qu'il le fallait, en un tribunat de bien public, ne pouvait pas être taxé de préoccupations utilitaires. Il lui arrivait même d'aller si loin dans sa passion philanthropique qu'une fois, étant revenu au pouvoir après une de ses éloquentes philippiques, il dut faire des excuses à l'ambassadeur d'Autriche.

On a sans doute raison de déclarer que Gladstone ne fut pas parfait; seulement on oublie que les saints sortent souvent des taudis, quelquefois des palais royaux, mais jamais des parlements. Saint Bismarck, saint Thiers, saint Cavour et même saint Gladstone sont des impossibilités politiques et morales; la destinée de ces hommes est de manier la matière parlementaire, qui souvent, à ce qu'il paraît, n'est pas la chose la plus pure du monde; et c'est assez s'ils réussissent à y sauver leurs âmes. Gladstone, je le crois fermement, par la candeur et la droiture de son esprit, s'est sauvé mieux que tous les autres premiers

ministres auxquels on peut le comparer. Il s'est présenté
lui aussi devant la miséricorde divine avec le fardeau de
ses péchés humains, anglais et ministériels; mais il a dû
être absous par la sincérité de sa croyance en Dieu, par
l'horreur des gloires sanglantes, par la défense éloquente
des humbles et des opprimés, par ses invectives contre la
tyrannie bourbonienne à Naples, par les réparations don-
nées aux Irlandais, victimes de séculaires injustices, par
sa foi invincible dans le bon côté de la nature humaine.

Plus que tout autre homme politique il a compris et
pratiqué l'idée platonicienne que le beau est la splendeur
du vrai et du bien; et le Dieu de bonté suprême et de
suprême beauté a été sûrement indulgent envers ce grand
chrétien à l'âme hellénique, qui greffait les roses de l'Hel-
lade sur les épines de la Galilée. Et, s'il n'a pu aspirer à
occuper le siège des élus apostoliques, du moins est-il
un de ces rares ministres qui se soient un peu rapprochés
des saints !

Paris. — Typographie de Firmin-Didot et Cⁱᵉ impr. de l'Institut, rue Jacob, 56. — 37697.

www.ingramcontent.com/pod-product-compliance
Lightning Source LLC
LaVergne TN
LVHW012105170726
843501LV00008BC/2767